KB010373

문학과지성 시인선 574

어디선가 눈물은 발원하여

정현종 시집

문학과지성사

문학과지성사에서 펴낸 정현종의 시집

나는 별아저씨(1978)

떨어져도 튀는 공처럼(1984)

한 꽃송이(1992)

세상의 나무들(1995)

갈증이며 샘물인(1999)

광휘의 속삭임(2008)

견딜 수 없네(2013, 시인선 R)

그림자에 불타다(2015)

사랑할 시간이 많지 않다(2018, 시인선 R)

정현종 시전집(1999, 전집)

문학과지성 시인선 574

어디선가 눈물은 발원하여

초판 1쇄 발행 2022년 10월 7일

초판 2쇄 발행 2023년 4월 12일

지 은 이 정현종

펴 낸 이 이광호

주 간 이근혜

편 집 유하은 김필균 이주이 허단 방원경 윤소진

펴 낸 곳 ㈜문학과지성사

등록번호 제1993-000098호

주 소 04034 서울 마포구 잔다리로7길 18(서교동 377-20)

전 화 02)338-7224

팩 스 02)323-4180(편집) 02)338-7221(영업)

전자우편 moonji@moonji.com

홈페이지 www.moonji.com

© 정현종, 2022. Printed in Seoul, Korea

ISBN 978-89-320-4054-7 03810

문학과지성 시인선 574

어디선가 눈물은 발원하여

정현종

시인의 말

조시 한 편과 추모시 한 편은
지난 시집에 넣어야 했는데
이번에 찾아서 넣었다.

2022년 10월
정현종

어디선가 눈물은 발원하여

차례

시인의 말

잃어버린 시

잃어버린 시가 얼마나 많으냐.
메모 안 해서 잃어버리고,
허공에 날려 보내 잃어버리고,
또 올 테니 잃어버리고,
세상에 널려 있어
잃고 말고 할 것도 없다고
잃어버리고,
그로 하여 유쾌한 나머지
그 자리에서 놓아 보내고……
껄껄대며 놓아 보내고……

살구나무에 대한 경배

내 친구 최승희 교수는
한국 고문서 연구의 권위인데
그보다 더 잘하는 건
살구 술 담그는 일.
자기 집 마당에 있는
살구나무를 잘 가꾸어
매년 수확한 살구로 술을 담근다.
가끔 점심을 같이할 때
페트병에 담아 가지고 나오는데
그 맛은 주성酒星의 샘에서 담아 온 것 같다.
어느 날 천주교정의구현 무슨 사제들 얘기와
불교 쪽 얘기가 나온 김에
내가 말했다.
섬기려면 살구나무 같은 걸 섬기는 게
그래도 그중 나은 거라.
매년 가을 떨어진 나뭇잎을 모아
그 나무 밑을 파고 묻어
거름이 되게 한다고 하니 말인데,
아침저녁으로

그 살구나무에 절을 하는 게 좋겠다,
경배할 만한 건 필경
나무 정도가 아닐까 믿어 의심치 않는바……

시간은 간다
― 콜라주

1

나의 탄생을 내가 몰랐으니
나는 처음부터 아는 게 없었다.

2

그렇지 않은가
모든 때가
'때가 때이니만큼' 아닌가.
그렇거니, 그렇거니!

3

(괜히 허세를 좀 부리자면)
시간이 가는 것도 두렵지 않고
시간이 가지 않는 것도 두렵지 않다.

시간은 가는 것이기도 하고

가지 않는 것이기도 하니……

녹아들다

녹아들지 않으면
그럴듯하지 않고
즐겁지도 않다.
마음은 특히 그렇다.
(지금의 세계는
마음이 만드는 세계가 아니거니와)
녹아들지 않으면
마음은 필경
삶의 전부인 저
진실의 순간을 만나지 못한다.
그런 순간이 없으면
삶은 깡그리 허탕이다.
녹는 일에는
물과 기름과 바람이 있고
살과 피와 무슨 그런 게 있지만
그러나
마음이 녹아들지 않으면
(지금의 세계는
마음이 만드는 세계가 아니거니와)

세계는 잿더미요
삶은 쓰레기 더미이다.

세상의 구석들

세상의 모든 구석은
아름다워야,
그래서
쾌적해야……
학교든 회사든
마음이든
거기 모든 구석들은
거기 앉아 있고 싶을 만큼
아름다워야,
거기서 쉬고 싶을 만큼
쾌적해야……
안이든 밖이든
세상의 모든 구석들은
원래 거기 살던 귀신들도
해와 달
빛과 그늘로
뉘앙스를 다해
거듭 몸단장을 하고 있을 만큼
쾌적해야……

포옹

모든 게 싹튼다
포옹 속에서.
부화하고
태어난다
포옹 속에서.
피어나고
날고
흐른다
포옹 속에서.
(포옹 이외에 이념이 없고
포옹 이외에 종교가 없다)
그리하여
지구는 꽃핀다
포옹 속에서.

아침놀
—'신문의 날'에 부쳐

아침놀이 매일
몸과 세상을 들어 올리듯
신문은
마음과 나라와 인류 사회의
아침놀이 되어
그것들을 항상 들어 올려야 하리.
그래야 하리.

공동체의 안위와 앞날을 위하여,
각 분야의 창조적 약진을 위하여
낮밤 안 가리고 일하는 사람들을
나는 알고 있느니.
열심히 기록하고
기억하여
일의 맥락을 제대로 짚게 하고
판단과 평가에 빛을 더하려 하네.
그러지 않으면 신문이 아니리.

우선 사실을 알리고,

옳은 것은 키우며, 그리고
그른 일은 바로잡는,
양약良藥이 되고자 하네.
개인의 무게를 잘 알면서
또한 더 큰 테두리를 생각하느니.

'세계는 오래전부터 정신병원이었다'고
한 독일 철학자는 말했지만,
저 제정신 아닌 행태들 속에서
그래도 한껏 '제정신'을 갖고 움직이려는
기관들이 있어
나라들과 인류 사회의 피를
끊임없이 맑게 한다면 또한 얼마나 좋으냐.

신문들은
그런 기관이어야 하리.
우리 사는 데가 살 만한 곳이 되기를 바라
생각과 느낌이 지극한
간곡한 마음들이 모이는

자리이어야 하리.

아침놀이어야 하리.

서운함 때문에

내 산책 길에 있는 연못에는
오리 네 마리가 살았는데
어느 날 세 마리만 보였다.
한 마리가 죽었다.
어쩐지 서운한데
실없는 웃음이 나왔다.
서운함 때문에
실없이 자꾸 웃음이 나왔다.
텅 빈 데서 실없이
웃음이 나왔다.

이른 봄

새들의 날갯짓이
겨울과 다르다.
그 공기의 파동은
생글거리고 파릇파릇하다.
겨우내 차갑던 돌은
스멀거리는 것들과 함께
다시 자라며 노래한다.
(자라는 게 곧 노래이며
노래가 곧 자라는 것이다)
돌은 노래하기 시작한다.

타이밍

천둥 번개 치고
폭우가 쏟아지는데
여자 셋이 비를 털며
로비로 들어선다.
옳지 마녀들이로구나!
천둥 번개와 폭우를 몰고 온
세 마녀.

그러니까 정황과 타이밍이다.
그게 모든 환상과 둔갑의 모태이며
운명의 풀무이다.
천둥 번개 치고 폭우 올 때
들어선, 그것도 비를 털며 들어선
세 여자가 마녀로 보였듯이.

공터
— 시 이야기

시는 처음부터
공터이다.
시는 끝까지
공터이다.

아무것도 없이 시작해서
아무것도 없이 끝난다.
(생명과도 같이)
시는 그렇다.

한 씨앗

무슨 시 같은 게 태어나려는
기운,
산기産氣.
늘 그렇듯이
온 우주의 에너지가
씨앗 하나에 모인다.
물질, 반물질
감각, 기억
빛과 어둠.

그 모든 동력들이
고요히 고요히
응축하면서
폭발을 기다리고 있다.

단어들

―사전을 펼치며

사전을 펼치면

즉시

마음은 즐거워 술렁인다.

한없이 열린 공간으로 들어가기 때문이다.

단어들 수는 많고 많으며

세계 또한 그만큼 많다.

단어들은 성좌이며, 그리하여

천체뿐만 아니라

성간星間 무한을 몽땅

보는 사람에게 넘긴다.

이제 우주유영宇宙遊泳이다.

마음대로 놀고

꿈꾸고

돌아다닌다.

가도 가도 끝이 없다.

아, 별과 별 사이의

거리에 퍼져 있는 음악,

뜻을 알면서 밝아지고

설명을 들으면서 어두워지는

별들의 빛과 그리고
그림자.
시간이 벌인
놀이의 퇴적.
사람의 역사가 남긴
발자국들 ——
비에 젖고, 눈 덮이고
바람 부는 흔적들……

얼마나 좋은가

날이 풀려 얇은 장갑을 끼니
얼마나 좋은가.
(혹한에 두꺼운 장갑을 끼는 것도
좋았었는데)
날이 풀려 빙판이 녹으니
얼마나 좋은가.
가벼운 운동화를 신는 것도
좋을시고.
(빙판길에 좋은, 신발을 신을 때도
좋았었거늘)

이런 느낌이 찰랑대는
거기가 시중時中 아닌가.
그렇다면
말들을 안 해 그렇지
시성時聖 천지이려니.*

* 때를 아는 것은 어려운 일 중에서도 어려운 일인데 공자孔子는 때를
  잘 알았다고 해서 시성時聖이라고 한다. 다른 예를 들면 청렴의 아
  이콘인 백이, 숙제는 청성淸聖이며 임성任聖, 화성和聖도 있다.

26

배우를 기리는 노래

저렇게 '남'을 살다니!
'나'를 한껏 지워야
자기가 뚜렷하고
나를 찾는 길은
남을 녹여내는 일,

남을 창조하기 위해
나는 있느니.
남이 곧 나,
남을 잘 살아야
내가 잘 사는 것.
내가 곧 만인이니
만인의 목소리
만인의 그림자에
울고 웃는 사람!

몽로夢路 주점

어떤 장소가,
한 공간이,
홀연히
우리의 모든 것을 수렴할 때가 있다.
너와 내가
뚜렷하지도 않은 발걸음으로
걸어온 길들이
혹은 속삭이고
혹은 파도치고 있는
공간,
막 도착했고, 동시에
항상 떠나고 있는
배.
(한 출판사를 싣고 항해하고 있는 건물)
그러나 또한
속삭임만큼 뿌리 깊고
파도만큼 뿌리 깊은
장소,
몽로 주점.

무를 불태워

── 기에 대하여

옛 도가道家 책에는
'氣' 자를 炁라고 썼대요.
없을 무无가 불[火] 위에 있어요.
그러니까 기라는 건
무를 찌거나
무를 불태우거나
하여간 그게 기라는 거예요, 돌⽫!

미켈란젤로

미켈란젤로가
카라라에서 대리석을 고를 때
그의 눈길이 닿으면 돌은
꿈꾸기 시작했고
그의 손길이 닿으면 돌은
꽃피기 시작했다.
돌은
또 한 번의 천지창조에 화답하여,
아, 어둠 속에서 빛을 꺼내는
손에 화답하여
자연보다 더 놀라운
자연으로 태어났다!

평생 마음의 통증에서 몸의 통증으로
몸의 연옥에서 마음의 연옥으로 오가며
그 불과 재와 신음으로
미美의 천국을 창조하였느니,
아름답다 초절 인고忍苦여.

숨 고르기

조용합니다.
숨을 고르고 있어요.
더없이 신성한 시간입니다.

옆에서는 그냥
그 조용함의 깊이를
자기의 조용함으로 느끼면 됩니다.

더없이 신성한 시간입니다.

그리운 시장기

가난하던 시절에는
배가 고팠고, 그래서
음식도 맛있었는데,
요새는 배고플 새가 없으니
이게 실은 문제이다.

배도 안 고픈데
세끼를 먹겠다고 먹으니
기분이 상당히 나쁘다.

시장기를 느낄 때 우리는
얼마나 신선한가!
시장기를 느끼는 순간
살맛이 나고,
텅 빈 위장이
세계도 텅 비게 하여
세계는 얼마나 광활해지는가!
즉시 어디에라도 갈 수 있을 것 같고
어떤 모험도 할 수 있을 것 같으며

거두절미, 신선한 기운이 샘솟는다.

좀 굶어야겠다,

그리운 시장기여.

그리하여 그리움 속에
— 김수환 추기경님 영전에

너무 늦게
말씀드리지요만,
우리가 모자라
어려움이 그칠 날이 없었던 그동안,
중대한 사안에 대하여
시의적절 말씀하시는 걸
우리가 얼마나 반겼으며
그 말씀 속에 들어 있는
나라 위한 진정에 눈물겹고
그 생각의 균형과
그 내용의 더없는 적절함에
우리가 또한 얼마나 든든했는지
당신은 혹시 알고 계셨는지요.
실은 당신의 얼굴이 참 마음에 든다고
저는 늘 말해왔습니다.
그 얼굴, 그 표정은
천품天稟의 선의와
천품의 진정과
천품의 겸손의 육화였습니다.

말씀의 힘이 나오는 그 청정심清浄心 ──

그 마음

그 말씀

그 얼굴의

움직이는 표정이 없으니

나라가 텅 비었습니다.

궁핍감이 커집니다.

사람의 궁핍

천진天眞의 궁핍

평화의 궁핍……

김수환 추기경님

당신의 빛, 그 진귀한 아름다움을 추모하는

저희의 아쉬움과 슬픔 속에,

그리하여 그리움 속에,

내내 꽃피소서.

그림자를 남겨놓고
— 이청준 형 1주기에

이승에
그림자를 남겨놓고, 자네
담배 연기와 함께 사라진 지
일 년이 지났다.
살아생전
'이 세상의 부조리와 비참'을
안타까워하고,
'결핍과 상처'를
어루만지고,
적어도 '아집의 누추함'을
알고,
부끄럽지만
말하려고
끙끙대다가
자네 문자대로
'퇴원'하였지.
세상에서 나갔으니 퇴원이요
몸을 벗었으니 해탈인데,
그렇기는 해도
자네의 그림자는 아직도

여기서 끙끙거리고 있네.
글쓰기가 적어도
제 한 몸을 위한 게 아니라는
제일 높은 척도,
의식/무의식 간에 그 척도에
가까이 있는 체질의
흔적으로
자기 떠난 세상의 분위기를
조금씩 바꿔놓는
모든 착한 영혼들의
그림자에 합류하여.

시간 바깥으로 나가
시간의 한 귀퉁이를 또렷하게 하는
그림자 나그네여
평소 좋아하던 소주 한잔 권하며
삼세三世 관통
공안公案을 염송하네.
평안 평안 평안.

잔설殘雪을 밟았는데

잔설을 밟았는데
그랬을 뿐인데
왜 이렇게 슬픈가.

수월관음도水月觀音圖

달빛 아래

바위 위에

반가좌

달밤, 파도가 몰아치는 바닷가 바위 위

관음보살 앞에 버드나무 가지 꽂은 정병淨瓶

그 아래 새 한 마리

거북 등딱지

연꽃무늬를 금니金泥로 그린 분홍치마,

그야말로 우아한 곡선으로 포개진 흰 베일 자락……

용왕을 비롯 남녀 무리가 공양하고 있으며

반인반수의 괴수들이 큰 향로와 쟁반에 보주寶珠를 담

아서 지고 간다.

나─반인반수는 바야흐로

예술 삼매 중이오니,

달밤, 파도와 바위를 듣고 있는 중이오니,

온몸이 떨리는 중이오니.

어디로 한없이

1

지하철을 탈 때는 내리지 않던 눈이
내려서 올라가니 펑펑 내리고 있었다.
나는 다시 어디로 가고 싶었다.
한-없-이

2

어디로
한없이
갈 수 없을 때
노래가 나오는 것이었다.
변함없는 노래의 모태려니
(마음인 듯 몸인 듯
앉은뱅이는 노래를 타고……)

강풍이 불면

강풍이 불면
내 마음은 나뭇가지를 부러뜨린다.
쉼 없이 부러뜨린다.
강풍은 계속 불고
마음은 가속加速하여 나뭇가지를 부러뜨린다.
강풍이 온 곳으로부터
갈 곳까지
나뭇가지를 부러뜨린다 불나게!

산책

산책을 한다.
그 시간은 이 세상의 시간이 아니고
그 공간은 고해苦海를 벗어나 있다.
세계는 푸른 하늘까지
숨결은 대기 속에—
그렇게 가없는 몸이여,

이 단순한 활동은 얼마나 풍부한가,
아직 아무것도 시작되지 않은 듯한 시간이라니!
사물사물하는 보석,
이 시간이 없으면 어떻게 살까.
세상의 시간이 아닌 때를
고해가 아닌 데를 걸어가느니.

벌써 삼월이고

벌써 삼월이고
벌써 구월이다.

슬퍼하지 말 것.

책 한 장이 넘어가고
술 한 잔이 넘어갔다.

목메지 말 것.

노래하고 노래할 것.

천지를 다 기울여 매화가

삼월 하순
매화나무에 온통 작은 꽃 몽우리!
그런데 거기 두 송이가 먼저 피어 있다!
그럴 때 그 두 송이는
무슨 강력한,
무슨 소리 높게 은밀한 전언을 하고 있다,
천지를 다 기울여 말하고 있다,
나는 전폭적으로,
천지를 다 기울여 웃었다!
한반도는 흉흉하고
이 나라는 혼미한데,
정치는 뜻 없이 시끄럽고,
정치판의 얼굴들
나라의 존망이 걱정되는 너무나도 심각한
그런 때의 순간순간을 넘어가면서도
별로 그런 느낌도 없는 듯,
오 이 나라에는 왜 이다지도
난중에 또 인물난입니까 하느님! 하고
한탄하게 하는

얼굴, 얼굴, 얼굴들……
그 흉흉한 한반도의 여기
그 혼미한 나라의 여기
먼저 피어난 매화 두 송이가
봄이 와도 시들하게 하는
한반도의 우울을 향해
소리 높게 은밀한 전언을 하고 있다,
이다지도 마음을 무겁게 하는 우울을 향해
천지를 다 기울여 말하고 있다……

나날이 생생한 몸을

지성은 탁월하게
덕성은 원만하게
감성은 아름답게
감각은 생생하게
항상 그렇도록 하면
희망은 저절로 샘솟고
의욕은 저절로 넘치며
사랑에도 저절로 물들 터이니,
나날이 맑은 정신
나날이 뜨거운 가슴
나날이 생생한 몸을
어쩌지 못하리
샘과 꽃과 하늘에 기대어
노래하는 수밖에는.

고요는 씨앗이니
— 명절 연휴에

아무도 없는 때를 나는 좋아하고
아무도 없는 곳을 또한 아주 좋아하지만
아, 일생 동안 그러한 때는 아주 드물고
그러한 곳에 있었던 때도 별로 없었으니
글쟁이로서 잘 살았다고 할 수 없다.

세속의 기준에서 아무 일도 일어나지 않는
그러한 때의 고요,
세상과 절연한 듯한 그 고요 속에
마음은 오랜 병에서 회복되는 듯하다 —
아무것도 없는 고요로 붐비는 회복,
고요로 광활하여 회복되는 마음……

그 마음 실로 만능이어서
보고 듣고 느낀 것들
민감한 표정으로 기다리고 있느니,
건드리면 열리는 씨앗처럼,
세상의 모든 처음을 수런대면서……

이제 시간을 벗어났으니
── 김치수 형 영전에

아마 가을날이 하도 쓸쓸해
남쪽 바다를 보러 왔다가
그대의 부음을 듣는다.
쓸쓸함이 배가倍加되었으니,
시간이 시시각각 자기 일을 하듯이
나도 내 일을 하겠노라고
그대 고향에서 멀지 않은 남쪽 바다를
그대의 영전에 펼쳐놓는다.

일생 걸으면서
시야가 늘 시원하지는 않은 법이니,
그래서 글쟁이들은
자기 힘껏 공부하고
쓰고
놀거니와,
그대도 마찬가지로
그렇게 하였다.
엄밀한 정신을 늘 유지하는 건
누구에게나 어려운 일이지만

나름대로 노력하듯이,
그대의 그릇에는
무던한 사람의 사회생활과
문학비평과 잡지 편집과
교육과 누보로망이 담겼다.
모든 길이 미로 아닌 게 없겠으나
그대 지금 간 곳은 필경
누보로망의 미로이리.

이승에서 술잔을 들며
그대 자주 '우리의 남아 있는 청춘을 위하여'
라고 건배사를 하였지.
이제 시간을 벗어났으니,
있는 것도 없고 없는 것도 없으니,
이제야말로 무슨 말인들 못 하겠는가,
그쪽의 질서 속에서는
청춘이 얼마나 남았는지
무슨 바람결처럼 전해주게나.
그러면서 건배!

고독

내가 제일 풍부하게 가진 건
고독,
나를 풍부하게 만드는
그 고요한 열熱은
태초의 움직임——
일일이 태양과 같고,
심연을 떠도는 공기,
씨앗들의 집,
씨앗의 대기大氣.

시간의 금광.

너 슬픔이여

여기서 저기로 움직이는데,
한때에서 다른 때로 넘어가는데,
그때 흔히 살짝 지나가는 슬픔,
갈피마다 들어 있는 슬픔이여,
만고 지층을 꿰뚫는
지축이여.

어쩌자고
─『그리스인 조르바』 전반부를 읽으며

어쩌자고
문이 다시 열리나.
수없이 드나들었던
닳고 닳은
인생 문이 다시 열리나.
새로 칠해져 있네
새봄의 색깔
연두색이거나
수평선의 가슴 색깔이거나
하여간 그런 색이.
그렇게 그 문은
어쩌자고 다시
춤을 추기 시작하나.
다시 파도치나.

개구리들의 합창이여

사월 초순
공원 습지를 지나며
동면에서 깨어난 개구리들의 합창을 듣는다.
꾸와왁, 꾸와왁, 꾸와왁⋯⋯
저 소리는 너무 좋다!
인간 세상의 소리가 아닌
개구리 소리를 듣는 이복耳福이여,
귀가 웃는다
인간 세상 소리들의 하중荷重에서
일거에 벗어나
꾸와왁, 꾸와왁, 꾸와왁
천지에 기쁨이 넘친다
개구리들의 합창이여.

공부

나는 가끔 농담을 한다
내가 그럴듯한 말을 한 게 있는데
소크라테스 때문에 빛을 못 본다고.
이런 말이다: 사람이 자기 자신을 알면
인생이 진행이 되지 않는다 ──
(그러니까 인생이 진행이 되는 한
우리는 자기 자신을 잘 모르는 것이다)

한껏 자기를 아는 경지까지 간 사람을 우리는
성자라고 부른다.
최악의 지경이 저 모든 광신狂信이다.
지구상에서
인류 사회에서
여기저기서
광신이라는 몽매가 어떤
(말로 다 할 수 없는)
비참과 불행을 만들어내는지
우리는 매일같이 보고 듣는다.

우리의 인생은 늘

한숨과 한심 사이에서 진행된다.
지구 규모에서도 그렇고
이 구석의 규모에서도 그렇다.
집단의 규모에서도 그렇고
개인의 규모에서도 그렇다.

우리는 실은
스스로에 대해서 다소간 광신도이기 쉽다.
(그걸 이기주의라고도 하고
자기도취라고도 한다)
쥐꼬리로 사물을 재려 하고
뭘 알기도 전에 재판관이고자 한다.
스스로 채운 족쇄에서 벗어나지 못하고
오류로 낙인을 찍으며
자기가 무지의 빛인 양
평생 길잡이로 삼는다.

(이렇게 한번 적어보는 것도
스스로 공부가 되겠지)

마음의 과잉을 어쩔 줄 모르겠네
—— 강진 백운동 별서정원

누가 숨겨놓았는지
백운동 별서정원.
필경 월출산이 숨겨놓았고
오래전부터
우리 마음이 숨겨놓았으며
하늘도 합심해서
비밀을 지키고 계시니
쉬 발설하기 어렵네.

저 불멸 숲의 요정들을
여기서 만나니
숲이야 계곡이야
꿈의 도가니.

내 마음 오래전부터
여기 있었네.
우리 꿈 세상 이래
여기 깊어 있었네.
꿈도 마음도

여기 참 많이도 붐벼

이 과잉을 어쩔 줄 모르겠네.

걸음걸음마다 슬픔이

이 걸음에는 무지의 슬픔
무지무지한 무지의 슬픔,
이 걸음에는 머리에 쓴
모자의 슬픔,
이 걸음에는 골목들의 슬픔,
모든 떠남과 돌아옴의 슬픔,
기억과 망각
피로와 체념의 슬픔,
질기고 질긴 욕망의 슬픔!

저 마음의 음영
저 그림자들의 그림자에
수묵水墨 번지는……

무슨 말씀

내 단골 음식점의 셰프
김인숙 씨가 나더러
늘 식사만 하고 가시는데
무슨 말씀도 듣고 싶다고 했습니다.
(그는 시 애호가입니다)
나는 대답했습니다.
내가 밥 먹고 앉아 있는 모습보다 더 나은
무슨 말은 없습니다.

단어들, 세상의 낙원

사전을 펴면
즐겁고
마음이 편안해진다.
단어들, 낱말들, 어휘들의
공간 속으로 순식간에
들어가면
거기가 그다지도 좋아
비할 데 없는 낙원!
'슬픔'도 좋고
'불안'도 좋고
'나빠'도 좋고
'죽음'도 좋다.

단어들은 필경
수없이 뻗은 길
만판 살고 지고 집
만판 가는 여행
더없는 은신처
더없는 현현

만판 우주!

우리는 떠나느니 단어들을 타고
재갈도 고삐도 박차도 없이!*

* 보들레르의 「연인들의 술」에서 인용.

널리 널리

반경이 넓을수록 좋아요.
그렇게 멀리
돌고,
널리 움직여요.
그게 좋아요.
시원하게
널리 널리.

봄노래

매화가 피어서

나도 피어서

그 옆으로 가

들여다본다.

눈은 복에 겨워

하늘 한번 보고,

먼 데 한번 보고,

햇볕에 녹고

바람에 죽고.

십이월
— 2019년 겨울

세월이 흙 반죽이라면
나는 그걸 주물러
오월이나 구월을 빚으리.
물론 십이월도 빚으리.
그리고
십이월을 빚어놓고는
한없이 울리.

태풍 속을 걸으면

사람이 날아갈 정도가 아니면
나는 태풍 속을 걷는 걸 좋아한다.
우선, 그렇게 하지 않으면 언제
남태평양의 공기를 마시겠는가!
당연히, 대기大氣를 청소하고 재편하는 건 얼마나 기
분 좋은가!
국가나 권력을 청소하고 재편하는 건 어려워도
그래서 마음은 고인 물과도 같고
정체되어 독한 공기와 같아도,
태풍이 대기를 재편하는 건 얼마나 속 시원한가!
하지만 어찌 대기뿐이겠는가.
태풍 속을 걸으면
마음의 먼지와 쓰레기도 상당히,
말하자면 실물감實物感 속에 씻겨나가느니!

있기도 전에 사라지는구나

미래에 있을 일이
어느덧 지나가고 지나가고,
그 일이 오기도 전에
지나가고 지나가고,
뚜렷하고 아득하다
그 견딜 수 없는 환영幻影들!
있기도 전에 사라지는구나
있기도 전에 사라지는구나!

끝

끝이라고 하지만
언제가 끝인가요.
끝이라고 하지만
어디가 끝인가요.
이때 저때가 다 끝이고
여기저기가 다 끝인 줄 아오나,
그렇기는 하오나,
마음은 끝이 없습니다.
그래요, 마음은 끝이 없습니다.

가없는 마음
── 추사, 「불이선란도不二禪蘭圖」

그 작품이 왜 그렇게 좋을까.

추사 「불이선란도」.

그냥 좋고

덮어놓고 좋고

한없이 좋다!

타고나신 거야 말할 것도 없지만,

필경 오랜 유배流配와

그리고

해배解配라는 정황이

그 작품의 숨결, 공기, 분위기를 만들었으리.

작품 공간에 넘쳐, 다시 천지간에 넘쳐

먼 산, 큰 산 이내와도 같이

무한 피어나고 있는 가없는 마음!

난초와

신품神品 무애無㝵 글씨들의 모든 획과

그 배치와 구도 모두

(붉은 낙관이 열다섯이고)

저 가없는 마음을 내뿜고 퍼뜨리니

이 마음은 그냥 한 송이 꽃!

그가 울까 봐 걱정이다

그가 울까 봐 걱정이다.

울기 시작해서 도무지 끝나지 않을까 봐 걱정이다.

그런 울음을 시작하지 않는 것이 참 다행스럽다 — 이루 말할 수 없이.

나 세상 떠날 때

나 세상 떠날 때
나는 내 뒤에
태양을 남겨놓으리.
그 무슨 말 무더기
무슨 이름
그 무슨 기념관 같은 거 말고
태양을 남겨놓으리.
그러니, 해가 뜨거나
중천에 있거나
하늘이 석양으로 숨넘어가며
질 때, 그게
내가 남겨놓은 것이라고
기억해주시기를!

열심히

내 방에서 가끔
낮은 웃음소리가 들렸다.
내가 웃는 소리였다.
가령 알베르트 슈바이처가 쓴
요한 제바스티안 바흐 전기에서
이런 구절을 읽으면서.
"어떻게 자기 예술을 그렇게
완벽하게 해낼 수 있습니까" 묻자
바흐가 대답했다.
"나는 일을 열심히 합니다.
누구나 열심히 하면 그렇게 할 수 있습니다."

꽃 한 송이 보내며
―― 역병의 나날, 2021년 새해에

안녕하신가 하여
꽃 한 송이 보내네.
이 꽃이 한마음이라면
여러 마음 또한 꽃피리.
세상 당장 향기로우리.

잘 계신가 하여
꽃 한 송이 노래에 실어 보내네.
이 노래가 한마음이라면
마음들 모두 노래하리.
그야말로 한가락 하리.

마음 마음이여
장명등長明燈 밝히리.
열심히 기름 부으리.

그런 있음에서 저런 부드러움이 흘러나온다

—J. S. 바흐의 음악

이 부드러움은 비할 데가 없다.

세계가 한없는 부드러움에 감싸인다.

온몸과 온 마음이 한없는 부드러움에 감싸인다.

모든 것의 안팎이 한없는 부드러움에 감싸인다.

이 음악은 없는 듯이 있다.

어떻게 이렇게 없는 듯이 있을 수 있을까.

우스운 '내로라'가 넘치는 세상,

최상의 예술, 최상의 인간만이 보여주는

없는 듯이 있음!

그런 있음에서 저런 부드러움이 흘러나온다.

오, 어떤 지옥에서도 새살이 돋게 하는 저 부드러움!

꿈결과 같이

맑은 저녁 석양에
하늘의 구름이 발그레하여
너무 이뻐
그 빛깔 하나로
이 세상이 액면 그대로 딴 세상인데,
다시
그 우주적 숨결의 가락
그 자연의 채색의 비밀 아래로
인간 석양 하나 걸어가면서
오래된 시간의 속삭임을 듣는다
오랜 시간의 지층이 그 스스로를 듣는 듯이.

그 속삭임은 깊은 눈동자
그 눈동자는 깊은 속삭임이거니
그러한 오래된 시간의 육체가 느끼는
마음 안팎 사물의 실감이여.
보는 일이 광활하여 아득하고
듣는 일이 또한 심연이면은
그 실감에 닿을 수도 있으리.

그렇게 안팎이 모두 아득한 데를
나는 걸어간다 꿈결과 같이.

어디선가 눈물은 발원하여

아침이 오고,
신문이 오고,
강세 '어휴'가 오고,
강세 '에이'가 오고,
이 나라, 이 행성,
우리가 사는 이 터전
말도 안 되는 일이 하도 많아
강세 '어휴'가 오고,
아침이 오고,
강세 '에이'가 오고,
지상의 어떤 나라
폭격으로 무너진 건물 밑에서
피범벅이 된
다섯 살 아이 옴란 다크니시가 오고,
구역질이 오고,
한숨이 이 행성을 덮고,
눈물이 어디선가 발원하여
강을 이루고,
아침이 오고,

피범벅이 된 아이가 또 오고,
마음이 마비된 이들이
세상을 주무르겠다고
시끄럽고,
소음을 만드는 게 최고 전략이었던
보나파르트가 왔었는데, 그 뒤
프티 보나파르트들이 넘쳐나고,
돈키호테가 창을 들고 달려든 건
자기의 무력감이었으나
그걸 무찌르기는 어려워
오늘날에도 그건 지구를 감싸고 있는 듯,
강세 '어휴'가 오고,
하루가 멀다 하고 눈물은
어디선가 발원하여
강을 이루고……

극히 굉장히

확실히 그는 극히 어리석은 말을
하려고 굉장히 애쓴다.
　　　　　　　　　　—테렌티우스

나는 극히 어리석은데
그걸 아는 데 굉장히 오래 걸리고
확실히 알았는지도 알 수 없으며
알았다고 하더라도 흔히 딴청을 부리고
괜히 떵떵거리기까지 한다.

무릎을 치게 하는 앞 인용구 말마따나
나는 극히 어리석은 말을 하려고
애썼다는 것인데, 이 문장에서 중요한 건
'극히'라는 말이 굉장히 중요하고
'굉장히'라는 말이 극히 중요하다는 것이다.

나로서는 말 중에서
우리 민속주 리스트가 제일이라고 주장한다.

그건 극히 그럼직하며
굉장히 확실하다.

시간의 위엄

그때 그 장면이 반짝반짝
그때 그 장소가 반짝반짝
그때 그 사람이 빛나고
그때 그 마음 한없이 풍부하니
오 기억의 빛이여,
거기 그때의 광원光源,
지나갔음으로 해서 빛나는 것들이여,
오 시간의 위엄이여.

봄날

사월 봄날
공기가 드물게 맑아,
날빛이 눈부셔,
그 맑은 공기
그 눈부신 날빛을
견딜 수 없어
마음은 그냥
먼 데로
머나먼 데로만 가는데,

꽃들은 또
얼마나 먼 데서 왔는지,
피어서도,
피었지만,
도무지 비밀을 말해주지 않는지,
어찌하여 그다지도 깊은지……

마음 꽃피리니

2019년 가을 어느 날
나는 해남 녹우당에서 하는
고산문학상 시상식에 가려고
수상자 나희덕 시인과 함께 나주역에서 내렸다.
(나는 다른 두 사람과 함께 심사를 맡은 터였다)
그 상 운영위원장인 황지우 거사가 자기 차를 몰고
역에 마중을 나왔는데,
인사하면서 투명 셀로판지로 싼 붉은 장미를
한 송이씩 건네주는 것이었다!
장미꽃 환영은 평생 처음이니
감동의 소용돌이!
저런 마음이 있어
이 세상은 오래오래
장미 향 속에 피어나리니.
마음 꽃피리니.

항심일가恒心一家
── 성석제

항심의 화신 성석제.
학교에서 우리가 같이 시 공부를 할 때
술친구이기도 하였는데,
세월이 많이 흐른 뒤
언제부터인가 그는 김장철이 되면
서너 가지 김치를 담가가지고
그 무거운 걸 우리 집에 가지고 온다.
힘이 들 테니 이제 그만두라고 해도
그만두지 않는다.
또 내가 회갑이라고
일본 여행을 주도하였고
(동행 길종각, 황경신과 함께)
다시 칠순이라고
보길도·증도 여행을 주도하였다.
(이번에는 박해현, 황경신이 동행)
언제부터인가 그의 친구들과 함께 우리는
봄가을로 저녁을 먹는다, 술잔도 기울이며.
타고난 이야기꾼이며 만물박사인 그는
소설가로 일찌감치 일가를 이루었는데
항심일가는 고대광실이렀다!

오디오 천사
— 김성윤

식물학에도 조예가 깊은
국문학자 김성윤은
또 오디오 마니아이기도 한데,
나는 그가 꾸며준 오디오 시스템으로
평생 음악을 들었지요.
언젠가 FM이 잘 나오지 않는다고 했더니
다른 기기를 철통 같은 가방에 넣어
그 무거운 걸 충청도에서 끌고 오기도 했어요, 전철을
타고.
우리는 둘 다 귀가 예민해서
필경 '귀 동인'쯤 될 터인데,
귓속에, 릴케 말마따나,
신전神殿 하나씩은 갖고 있을 거예요.
우리 집에 있는 꽤 많은 LP판을
조만간 오디오 천사 김성윤에게 줄 생각입니다.

마음이 꽃밭이니
—나희덕

저 불빛들을 기억하는 시인이 있네.
불빛도 기억도 한없는 따뜻함에 물들어 있네
물론 아련한 슬픔도 어른거리지.
틀림없는 시심이라네.
공적인 일에서
자기 생각에 옳지 않다고 생각하면
단호하게 맞서 싸우기도 하는데
대체로 훌륭한 처신으로 보였다네.
어느 봄날 여수 바닷가 마을 갈릴리 교회에서
'나희덕 시인 토크 콘서트'를 하는데
강연자 뜻대로 나와 동행하였지—
그 바닷가 교회의 정원이 아름답다고……
(콘서트는 듀엣으로 하였고)
자그마한 정원에 온갖 꽃이 피어 있어
참 이뻐서 마음에 들었네.
그런데 그 꽃밭에
시인 나희덕도 피어 있으면서
꽃 귀로 파도 소리를 듣고 있었느니!

극진한 마음
—— 유성호

젊은 시절의 잠재력이 무한하다는 거야
다 아는 얘기이지만,
세월이 흐르면서 문학적 잠재력이
마르지 않고 흘러나오는 사람이 있어요——
문학평론가 유성호 교수.
그의 시평詩評은
시의 비밀을 잘 알고 느끼면서 쓴 글인데요,
참되고 관후한 그 인품이 배어 있기도 하지만
사실 시에 대한 지극한 애호 없이는
시의 비밀에 닿을 수 없지요.
그의 극진한 마음이 한 일 중에는 또
내 회갑이라고 기념 문집을 나도 모르게
주도해서 만든 일이 있습니다.
책 제목이 『사람이 풍경으로 피어날 때』인데
동문 스무 명이 글을 썼지요.
내 고마워하는 마음은 물론
세상 떠날 때까지 마르지 않습니다.

철학의 맑은 얼굴
── 김동규

철학자 김동규 교수는
산을 좋아해서
내가 학생들과 북한산을 오를 때 합류하곤 했는데요,
높은 산을 많이 올랐다고 합니다.
그의 등산은 필경
그의 정신의 타고난 생리인
상승하려는 의지의 한 발로일 텐데요,
아닌 게 아니라 그의 철학적 탐구는
정신의 깊이와 높이를 아울러 기약하면서
인간 사랑에 물들어 있는 것으로 보입니다.
언어에 대한 드문 민감성과 세밀함도
사유의 다함없는 철저함을 보여주고요.
나는 관상도 좀 본다고 자처하곤 하는데,
김동규 교수의 맑은 얼굴은
그냥 순수의 결정이라고 할 수 있어요.

놀다

괴로움을 견디느라 괴로움과 놀고
슬픔을 견디느라 슬픔과 놀고
그러다가
노는 것도 싫어지면
싫증하고 놀고……

시를 찾아서[1]

안녕하십니까.

시에 대해서 같이 생각해보려고 합니다. 우선 시가 이 세상에서 무슨 일을 하는지, 우리 인생살이에 무슨 쓸모가 있는지 알아보는 게 좋겠습니다. 그래야 우리는 기꺼이 시를 찾고 시와 함께 시간을 보낼 수 있겠기 때문이지요.

시, 영혼의 강장제

시가 하는 일은 모든 예술이 하는 일과 다르지 않습니다. 그것은, 이제는 고전적인 말이 되었습니다만, 예술이

[1] 이 글은 2021년 6월 26, 28일 이틀 동안 '스튜디오 바이블'에서 기획한 동영상 촬영을 위해 이야기한 것이다.

우리로 하여금 삶을 **견디게** 한다는 것입니다. 이런 생각은 인류 정신의 역사에서 가장 뛰어난 인물들이 공통으로 느꼈던 것인데요, 예컨대 "삶의 진행을 가능하게 하고 견딜 수 있게 하는 예술의 환상"(니체)이라는 말이 있고, 그보다 앞서 괴테는 자서전 『시와 진실』에서 "진정한 시는 현세의 복음으로서, 내적인 명랑성과 외적인 즐거움을 통하여, 우리를 짓누르는 지상의 짐으로부터 우리를 해방시켜줄 수 있어야 한다"[2]고 말합니다. 그의 말을 조금 더 따라가보면 "시는 마치 고무풍선과도 같이 우리를 우리에게 지워져 있는 짐과 함께 한층 고고한 영역으로 들어 올려, 이 지상의 얽히고설킨 미로를 조감도처럼 우리 눈앞에 전개시켜준다. 가장 경쾌한 작품도 가장 심각한 작품도 똑같은 목적을 갖고 있으니, 교묘하고 재치 있는 표현으로 쾌락이건 고통이건 고르게 유화시키고자 하는 것"[3]이라고 합니다.

뛰어난 정신들이 하는 이야기를 듣는 일은 항상 좋은 일이겠습니다만, 각자 시를 읽거나 음악을 들으면서 경험한 정신적·정서적 고양高揚을 상기하면 더욱 실감이 나겠지요.

사실 시인이 이 세상에 왔다가 떠날 때까지 하는 일은

---

2   요한 볼프강 폰 괴테, 『괴테 자서전: 시와 진실』, 전영애·최인숙 옮김, 민음사, 2009, p. 749.
3   같은 책, p. 749~50.

삶을 고양시키는 일일 것입니다. 그리고 이것은 의식적으로 그러고자 한다고 해서 되는 일이라기보다, 시인은 남다른 생기生氣를 타고나지 않으면 안 되며 그러한 기운이 몸과 마음에 감돌고 살과 피에 흘러 제어할 길 없는 본능으로 작동하는 사람이라고 해야겠습니다.

그리하여 시는 필경 영혼의 강장제가 될 터인데 니체의 다음과 같은 밀도 있는 말은 더없이 적절합니다.

그리고 축제나 예술을 수단으로 사람들이 원한 것은, 자신이 더욱 강해졌고 더욱 아름다워졌으며 더욱 완전해졌다고 느끼는 것 외에 다른 것이 아니었다.[4]

시, 어린 시절, 자연 체험

그런데 시가 우리를 짓누르는 지상의 짐으로부터 우리를 해방시켜준다든지, 견디기 힘든 삶을 고양시킨다든지, 우리를 더욱 강해지고 더욱 아름다워지고 더욱 완전하게 한다든지 하는 일을 하려면 말할 것도 없이 시인이 그럴 만한 작품을 써야 합니다. 그런 작품을 그냥 '좋은 작품'이라고 부르기로 하지요. 그렇다면 좋은 작품을 쓰는 시인의 재능은 어디서 나오는 것일까요. 아마 시를

4 프리드리히 니체, 『유고(1888년 초~1889년 1월 초)』, 백승영 옮김, 책세상, 2004, p. 538.

쓰고 싶어 하는 사람들이 제일 알고 싶은 것일 텐데요. 흔히 하는 얘기로 남다른 재능은 타고난다는 겁니다. 예술적인 재능은 아마 그렇겠지요. 그러나 후천적인 환경과 경험도 중요하다고 생각합니다. 필경 모든 인생이 선천적인 것과 후천적인 것이 씨줄과 날줄로 엮여서 짜이는 것이겠지요.

나 자신의 경험을 통해서 말해볼 수 있는 것은 한 예술가의 체질, 개성, 재능의 형성에는 그의 **어린 시절**이 중요하다는 것입니다. 특히 어린 시절의 **자연 체험**이 아주 중요하지요. 시 작품이 갖고 있는 생명력은 오직 **자연**으로부터 오기 때문입니다. 무슨 공부 이전에, 무슨 책 이전에 시인의 생명력/시의 생명력은 그가 자연과 얼마나 접촉했느냐에 달려 있습니다. 시인의 자연 체험은 그 자신도 모르는 사이에 그야말로 피가 되고 살이 되어 작품의 질을 결정합니다.

나는 어린 시절에 시골에서 살았습니다. 겪어보신 분은 아시겠지만 시골은 온갖 생물이 붐비는 공간이고, 그곳에서의 시간은 자연이 환기하는 환상으로 가득 차 현란하게 흐릅니다.

그때 내가 만져보고 손에 쥐어보고 잡아먹은 생물이나 식물이 한두 가지가 아닌데요. 메뚜기·가재·방게·방아깨비 등과 붕어·가물치·메기·쏘가리·미꾸라지·모래무지 등의 물고기, 민물 게와 민물조개류, 딸기·까마중·

버찌·오디·칡·메 등의 열매와 식물 들, 그렇게 정다운 것인 줄도 모르고 그 위에서 뒹굴었던 풀들과 꽃들, 어린 땅꾼으로서 잡았던 뱀들, 밤새도록 잡으러 다니다가 마침내 산 채로 잡은 참새의 할딱거리는 가슴과 따뜻한 온기…… 그 가슴의 고동과 온기가 다름 아닌 우주였다는 걸 나중에 알게 되었습니다만……

그리고 또 하나 밤늦게까지 홀려서 잡으러 다닌 날아다니는 휘황한 발광체 개똥벌레(반딧불이)와 손가락 여기저기 옮겨 붙어 발광을 하던 꼬리의 형광물질, 잡은 개똥벌레를 커다란 호박꽃에 넣어 끝을 오므려 들고 다닌 호박꽃 등……

훗날 몽상 속에서는 어떤 게 반딧불이이고 어떤 게 아이들의 눈인지, 어떤 게 호박꽃 등이고 어떤 게 아이들의 얼굴인지 구별이 되지 않는 그야말로 환상적인 밤 광경이었는데요. 그 밤낮 없는 자연의 풍부함은 그 시절의 가난을 아예 없는 것으로 만들면서 계속 넘쳐흐르는 풍요의 샘과도 같습니다.

어떻든 위와 같은 자연 체험, 살아 있는 것들과의 살섞음이 말하자면 내 촉각의 지층地層이요 감각의 고고학적·생물학적 깊이라고 할 수 있지 않을까 합니다. 다시 말해서 감각이라는 표면은, 시인이라는 감각의 고고학자들에게는, 이제 표면이 아니라 오감五感의 빨대가 빨아들인 것들로 이루어진 지층이라는 말씀입니다 ──미

생물도 있고 화석도 있으며 석탄이나 석유, 물과 불 그리고 여러 다른 원소들과 보석들이 들어 있는 지층……

그리고 말할 것도 없이 거기가 작품의 원천이 아니겠습니까.

시, 샘솟는 마음

인류는 그동안 도원경이라든지 유토피아에 대해서 얘기해왔는데, 서양 이론가들이 제도적 구상이나 이념적 주장을 통해 얘기했다면 동양의 시인들은 자연의 비경에서 그런 공간을 발견하고 있습니다.

인간 사회를 어떻게든 살 만한 곳으로 만들려면 여러 가지 구상과 주장이 필요한 것이겠으나, 내 느낌으로는, 아무리 그럴싸한 제도적 구상이나 이념적 주장도 그것이 필경 그 속에 갈등과 싸움의 소지를 갖고 있을 터인즉 이상향의 실현은 기약하기 어렵습니다.

그래서 결국 각자의 마음으로 돌아갈 수밖에 없는데, 그렇다면 우리의 도원경은 각자의 어린 시절이라는 것입니다. 우리 속에 평등하게 깃들어 있는 어린 시절은, 시달림과 싸움에 찌들며 어른이 된 뒤 흔적도 없어진 듯하고 다만 과거일 따름이라고 생각될는지 모르지만, 그러나 그건 그렇지 않습니다. 어린 시절은 땅속에 들어 있는 무슨 연료처럼 가연성可燃性이어서 어떤 촉매나 자극으로 항상 점화될 수 있는 것인데, 시적 발화發話는 그런 촉매 중 하나입니다.

다시 말해서 시는 우리 모두 속에 깃들어 있는 자연과 어린 시절을 되살려내는 언어이며 우리 자신인 원소들의 꿈의 언어적 실현입니다. 또 좀 달리 말해보자면 시간적·공간적 원초를 우리 속에 다시 가동시키는 말 ― 그게 시라고 할 수 있습니다.

그리고 시적 이미지의 보편성이나 가치에 대한 얘기가 설득력을 얻는 것도 바로 위와 같은 연유에서인데요. 나는 시의 그러한 면을 나타내느라고 '인공 자연'이라는 말을 하기도 하였습니다.

여기서 시적 이미지의 힘을 어린 시절의 기억을 통해서 느껴볼까 합니다. 상상력의 철학자 가스통 바슐라르는 어린 시절을 '존재의 샘'이라고 했습니다만, 그런 비유가 아니라 내가 어렸을 때 실제로 동네 뒷산에서 본 샘물 이야기를 해야겠습니다. 그건 옹달샘이었는데요. 거기서 수직으로 솟아오르는 샘물은 궁륭 모양을 하고 있었습니다. 그리고 그것은 평생 동안 기억 속에 있었고 그게 수십 년이 지난 어느 날 시가 되어 나왔습니다. 제목이 「샘을 기리는 노래」[5]인데, 한번 읽어보겠습니다.

5 『그림자에 불타다』, 문학과지성사, 2015.

어린 시절

뒷산 기슭에서

소리 없이 솟아나던 샘물은

지금도 기억 속에서,

내 동공 속에서,

솟아나고 있어요.

그때와 똑같이

작은 궁륭 모양으로

솟아나고 있어요.

지상의 모든 숨어 있는 샘들을

계시한

그 신비의 샘은

또한 마음을 샘솟게 하는

신비.

어린 시절 뒷산 기슭에서

소리 없이 솟아나던 샘물,

내 마음에 샘솟는,

오 마음이 샘솟는 원천!

우리가 살고 있는 이 행성 지구가 살아 있는 것이라고 하는 것은 우선 땅에서 물이 나오기 때문입니다. 그래서 나는 지상의 모든 샘물을 '신비'라고 말합니다. 그것은 모든 시냇물과 강의 원천이며 지상의 모든 생물/생명이 존재할 수 있게 하는 원소이지요. 다 아는 얘기입니다. 그러니 솟아나는 샘물을 눈으로 보면서 신비감에 젖지 않을 수 있겠습니까.

그리고 중요한 것은 그 샘물이 기억 속에서 영원히 솟아오르고 있음으로 해서 마음을 샘솟게 한다는 것입니다! 그러니 샘물은 또한 신비롭지요.

그래서 "어린 시절 뒷산 기슭에서/소리 없이 솟아나던 샘물,/내 마음에 샘솟는,/오 마음이 샘솟는 원천!"이라는 노래가 나왔을 것입니다.

다시 바슐라르가 『몽상의 시학』이라는 책에서 '몽상'을 두고 '꿈꾸면서 기억하고' '기억하면서 꿈꾸는' 정신현상이라고 말한 것을 상기해도 좋겠군요.

그리고 나는 시가, 음악과 함께, 우리 마음을 샘솟게 하는 것이기를 바랍니다. 그렇지 않으면 시가 이 세상에 존재할 이유가 없으니까요.

삶을 살아내는 아름다움

시를 비롯해서 모든 예술은 '앉은 자리가 꽃자리'가 되게 하는 성질을 갖고 있다고 나는 말해왔습니다. 그 말은, 앞에서 이야기한, 삶을 견디게 하는 예술의 환상이라든지 우리를 짓누르는 지상의 짐으로부터 해방시켜준다든지 하는 얘기와 다르지 않습니다. 모든 뛰어난 정신들의 공통되는 생각인데요. 특히 인류 정신사의 한 정점인 니체는 예술이 우리의 구원이라고 힘 있게 말합니다.

니체 전집 제21권에 있는 말을 소개하면 이렇습니다.

예술은 **인식자**의 구원이다 ── 삶의 끔찍하고도 의문스러운 성격을 주시하고, 주시하고 싶어 하는 인식자의 구원, 비극적 인식자의 구원.

예술은 **행위자**의 구원이다 ── 삶의 끔찍하고도 의문스러운 성격을 주시할 뿐만 아니라 실제로 살아내며, 그렇게 살기를 **바라는** 행위자의 구원, 비극적 인간의, 비극적 행위자의 구원.

예술은 **고통받는 자**의 구원이다 ── 고통을 바라고 미화하며 신성하게 만드는 상태에, 고통이 거대한 열광의 상태에 도달하는 길로서 [……][6]

"삶의 끔찍하고도 의문스러운 성격"을 속속들이 느끼고 통찰하는 영혼이 있습니다. 그런 영혼은 그 느낌과 인식의 밀도가 비할 데 없이 비상하기 때문에 그런 말을 하는 것인데요. 그 밀도가 얼마나 가차 없는 것이냐 하면 그러한 삶을 살아낸다는 것입니다!

그리고 예술은 그 고통을 오히려 바라고 미화하며 신

6 프리드리히 니체, 같은 책, p. 26.

성하게 만드는 상태에 이르는 길이라는 것이지요.

인간은 초극되어야 할 존재라는 말이, 인간이 이 지상에 살아가는 한 영원한 진리라고 할 때, 예술은 인간이 스스로를 극복하면서 삶을 고양하는 길이라는 것입니다. 고통이 거대한 열광의 상태에 이르는 길……

시 쓰기는 시인이 그러한 삶을 살아내는 모습이라고 말할 수 있고 시 작품은 고통이 미화美化된 것이라고 할 수 있습니다. 그 미화가 고통이 열광의 상태에 도달한 것이라고 하겠지요. 그리고 그것이 모든 예술 작품 탄생의 비밀입니다.

사실 그런 창조적 노력 없이 인간의 삶이 어떻게 조금이라도 격상되고 조금이라도 더 아름다워지겠습니까. 인간 정신의 이러한 상승 의지를 바슐라르는 『공기와 꿈』이라는 책에서 "수직적 축"이라든지 "공기의 혁명"이라는 마음에 드는 명명으로 이야기하고 있는데요. 읽어 보겠습니다.

정신적 삶은 커지려고 하고 위로 오르고 싶어 한다. 그것은 본능적으로 **높은** 곳을 추구한다. 다시 말해서 시적 이미지들이란 우리를 가볍게 하고 우리를 들어 올리고 우리를 상승시킨다는 점에 있어서 인간 정신의 **활동**이다. 그 시적 이미지들은 수직적 축이라는 오직 하나의 참조 축만을 가진다. 그것들은 본질적으로 공기적이다.[7]

바슐라르는, 잘 알려져 있다시피, 상상력이나 시적 이미지를 공기, 흙, 물, 불 4원소의 성질과 연관시켜 연구함으로써 상상력에 관한 고전들을 우리에게 남겨주었습니다만, 시를 쓰는 사람이 생각하기에 그는 인간의 정신 활동에서 더없이 가치 있다고 생각되는 상상력을 시 작품을 통해 탐구한 최초의 철학자로서 필경 끊임없이 되살아날 것입니다.

어떻든 공기가 네 원소 중 제일 가볍다는 걸 우리는 알기 때문에 위의 인용은 쉽게 이해가 될 것입니다.

바슐라르의 글은 '살아 있다'는 말을 나는 줄곧 해왔습니다만, 생래적인 그의 정신적 체질과 함께, 시를 통해서 단련되고 **피어난** 그의 영혼의 탄력과 생기가 글에 배어 있기 때문이 아닐까 합니다.

어떻든 그의 말을 듣고 우리는 비로소 시적 이미지가 우리를 가볍게 하고 우리를 들어 올리고 우리를 상승시킨다는 사실을 알게 되었습니다. 그리고 시적 이미지들이 "수직적 축"이라는 오직 하나의 참조 축만을 가지며 그것들은 본질적으로 공기적이라는 것도 알게 되었지요.

바슐라르는 계속해서 말합니다.

7　가스통 바슐라르, 『공기와 꿈―운동에 관한 상상력 시론』, 정영란 옮김, 이학사, 2020, p. 91.

정신심리적 생성의 진실성은 천상 공기 속에서의 사뿐히 가벼운 학습을 필요로 한다. 공기적 훈련 없이는, 가벼움에의 예행적 수련 없이는 인간의 정신심리는 절대 진보할 수 없는 것처럼 우리에게는 생각되기까지 한다. 아니면 적어도 공기의 혁명 없이는 인간의 정신심리는 그저 과거나 만들어내는 그런 진보만 하는 셈이라고나 할까. 미래를 세운다는 것은 언제나 비상飛翔이라는 가치들을 요구한다.[8]

우리가 다 겪어봐서 알고 있듯이 몸도 마음도 무거우면 도약은커녕 한 발짝도 나아가지 못합니다. 위 인용문의 "정신심리"라는 말을 그냥 '마음'으로 고쳐 읽으면, 우리의 마음이 가벼워야, 마음을 무겁게 하는 일을 감당할 수 있고 극복할 수 있습니다. 실은 너무 쉬운 이야기이지요. 그렇게 마음을 가볍게 하는 일을 바슐라르는 "공기적 훈련"이라거나 "공기의 혁명"이라고 말합니다. 그리고 그러한 일이 바로 시적 이미지가 하는 일이라는 것이지요.

8 같은 책, p. 460.

빛-언어, 깃-언어

내가 학교에서 학생들과 시 공부를 하던 시절, 나는 학교 뒷산으로 연결된 숲길을 자주 걸었습니다. 워낙 나무와 새 들을 좋아하고 흙 밟기를 좋아하고 숲속으로 나 있는 오솔길을 좋아했으니까요.

그런데 어느 날 새벽에 학교에 갈 일이 있어서 나갔다가 새벽 숲을 걷고 싶어서 아직 동도 트기 전 어두운 숲속으로 걸어 들어갔습니다. 그런데 얼마 되지 않아 동이 트기 시작했고, 그러자 숲의 초록이 보이기 시작했습니다. 그 순간 '아, 이 세계는 매일 창조되고 있구나!' 하는 느낌에 싸였어요. 그러니까 여러 창조 설화가 이야기하듯 이 세상이 먼 옛날에 한 번 창조되고 끝난 게 아니라 뜨는 태양과 함께, 여명과 함께 매일 새로 창조되고 있구나 하는 느낌에 싸였다는 말씀이지요.

사실 도시에서 사는 사람이 동이 트는 순간 숲속에 있기란 쉬운 일이 아닌데요. 태초를 맛보기 위해서, 경이로움을 경험하기 위해서 일부러라도 꼭 한번 겪어보시기 바랍니다. 이때 중요한 것은 타이밍입니다. 아무리 새벽이라도 해가 떠오르고 나서는 위와 같은 경이를 경험하지 못할 것입니다. 마악 동이 트는 순간, 마악 초록이 어둠 속에서 떠오르는 순간 거기 있어야 하지요. 그것은 문자 그대로 천지창조입니다. 까마득한 옛날에 있었다는 천지창조를 오늘 여기 숲에서 경험하는 것이지요.

모든 경이가 그렇습니다만 '타이밍'이 중요합니다. 나는 '타이밍'을 '운명'이라고 번역합니다. 겪어보고 느껴본 분들은 아시겠지만 타이밍이 운명이니까요.

해가 떠오른 뒤에, 날이 다 밝은 뒤에 숲속에 있어봤자 세계가 새로 태어난다는 느낌, 천지가 마악 창조되고 있다는 느낌을 갖기 어렵습니다.

이런 말씀을 드리는 이유는, 그러한 체험이 그것 자체로도 엄청난 가치를 갖고 있지만, 이 강의의 목적에 따라, 시적 언어가 빛-언어라는 말을 하기 위해서입니다.

여명의 빛이 만물을 드러내 보여주듯이, 시적 언어는 사물의 의미와 가치, 그 존재 속에 내장되어 있는 깊이와 넓이를 드러내 보여줍니다. 노래는 현존現存이라든지, 노래하기는 존재하기라는 말은 시의 저러한 성질을 말하려는 것이지요. 젊은 시절 나의 첫 시집 제목이 『사물의 꿈』(민음사, 1972)입니다. 시대와 지역을 넘어 시가 하는 일을 가리키고 있다고 할 수 있겠습니다.

말을 조금 바꿔보면 노래는 사물을 비추고 존재를 열어서 그것들 스스로를 넘어 무한에 이어지게 한다고 할 수 있지요. 시를 한 편 읽어보겠습니다. 저의 「시가 막 밀려오는데」[9]라는 작품입니다.

9 『광휘의 속삭임』, 문학과지성사, 2008.

잠결에

시가 막 밀려오는데도,

세계가 오로지 창窓이거나

지구라는 이 알이

알 속에서 부리로 마악 알을 깨고 있거나

시간이 영원히 온통

푸르른 여명의 파동이거나

하여간 그런 시가 밀려오는데도,

무슨 푸르른 공기의 우주

통과하지 못하는 물질이 없는 빛,

그 빛이 만드는 웃고 있는 무한 ─

아주 눈 속에 들어 있는 그 무한

온몸을 물들이는 그 무한,

하여간 그런 시가 밀려오는데도

나는 일어나 쓰지 않고

잠을 청하였으니……

(쓰지 않으면 없다는 생각도

이제는 없는지

잠의 품속에서도

알은 부화한다는 것인지)

　상상력의 역동 속에서 태어나는 노래에 따르면 세계
는 창이고 지구는 알이며 시간은 푸르른 여명의 파동입

니다. 시적 상상 활동 속에서 시간과 공간은 무한에 이어집니다. 시적 시간은 항상 태초입니다.

> 태초에 폭발이 있었던 게 아니다.
> 모든 태초가 폭발이다.
> 태초는 단 한 번 있었던 게 아니며
> 과거가 아니다.
> 태초는 무수히 많으며
> 항상 현재진행형이다.
> 한 걸음 한 걸음이
> 태초이다.
> 숨 쉴 때마다
> 태초가 숨 쉰다.

> ──졸시 「아, 시간」(『그림자에 불타다』) 부분

우리는 흔히 '매일이 새날'이라든지 '매일매일이 새롭다'라는 말을 하는데요. 그런 진부한 말이 시적 표현을 얻으면 그 효과의 강력함이 비교할 수 없이 증폭된다고 할 수 있습니다.

나의 새벽 숲 체험을 통해서 시적 언어를 빛-언어라고 말해보았습니다만, 시는 또한 깃-언어라는 이야기를 하기 위해서 새벽 숲을 조금 더 걸어보겠습니다.

날이 밝으면서 숲속 오솔길이 하얗게 떠올랐는데요. 조금 가다가 보니까 후투티라는 새가 길 위에 있다가 나를 보고는 목털을 곤두세우더니(그건 물론 경계의 표시입니다) 날아올라 사라졌습니다. 그 순간 나는 또 한 번 강력한 느낌에 휩싸였는데요. 그 새가 지구를 두 발로 움켜쥐고 날아올랐다는 느낌이 그것입니다.

나는 모든 새를 좋아하는데요. 그것은 말할 것도 없이 그들이 날기 때문입니다. 동네에서도 매일 까치, 참새, 까마귀, 산비둘기, 찌르레기 같은 새들이 날아다니는 걸 봅니다만, 우리가 '가벼움'에 대한 느낌과 관념을 얻는 것은 새들을 통해서입니다. 우리는 새들이 인간에게 얼마나 큰 혜택을 주는지 의식하지 못하고 살고 있지만, 무의식중에도 새들의 쓸모와 은혜는 참으로 큰 것입니다.

앞에서 인류의 뛰어난 정신들이 한 이야기—예술이 우리를 짓누르는 지상의 짐에서 해방한다든지, 삶을 견디게 해준다든지 하는 이야기는 더 쉽게 말하면 예술을 통해서 우리는 기분이 좋아지고 따라서 마음이 가벼워지며 힘을 얻는다는 것입니다. 그러한 상태나 움직임을 "공기의 혁명"이라든지 "수직적 축"이라고 하였고, 니체는 그러한 무거움을 정복하는 자를 '위버멘슈'('초인'이라는 번역은 완전치 못합니다)라고 했습니다.

위의 이야기들이 내가 시를 깃-언어라고 할 때 의미하는 것이라고 할 수 있습니다. ▨